1 Avril 1903

V

Collection de M. V.

FAIENCES HISPANO-MORESQUES

FAIENCES DE MARSEILLE

FAIENCES DIVERSES

OBJETS VARIÉS

MEUBLES

MERCREDI 1er AVRIL 1903

Exposition publique le **Mardi 31 Mars**

de 2 heures à 5 heures 1/2

PARIS. IMPRIMERIE MÉNARD ET CHAUFOUR
E. CHAUFOUR, Successeur
[illegible] Rue Ma[illegible]

Collection de M. V.

FAIENCES HISPANO - MORESQUES

Faïences de Marseille

FAIENCES DIVERSES

OBJETS VARIÉS

MEUBLES

HOTEL DROUOT, SALLE N° 10

LE MERCREDI 1er AVRIL 1903

A 2 HEURES

Me Léon TUAL	**M. VANNES**
COMMISSAIRE-PRISEUR	EXPERT
56, rue de la Victoire, 56	*54, Faubourg-Montmartre*

EXPOSITION PUBLIQUE

LE MARDI 31 MARS 1903

DE 2 A 5 H. 1/2

CONDITIONS DE LA VENTE

Elle sera faite expressément au comptant.

Les acquéreurs paieront dix pour cent en sus des enchères.

L'exposition permettant au public de se rendre compte de la nature et de l'état des objets, il ne sera admis aucune réclamation une fois l'adjudication prononcée.

Paris. — Imp. C. Chaufour, 8-10, rue Milton.

DÉSIGNATION

FAIENCES
HISPANO-MORESQUES

1 — Plat rond à ombilic godronné, à marli feuillagé, à rehauts bleu.

2 — Plat rond à ombilic, la partie centrale multilobée est décorée de feuillages et de bandes striées, le marli est orné de palmettes en creux et bossages.

3 — Curieux plat rond et creux à deux personnages en costumes ancien de Majorque, le fond est parsemé de croissants, d'animaux,

de sujets allégoriques — en haut se lit la devise : *CHARITAS*.

4 — Plat rond, le fond est orné d'une large palmette, le marli est cerclé de fleurs d'œillet.

5 — Plat a barbe, décor à palmettes et à fleurs d'œillets.

6 — Plat rond et creux à fond pointillé, décoré d'un oiseau et de feuillages.

7 — Plat rond à ombilic monogrammé et cerclé d'une inscription de caractères arabes — le marli est à bossages et à réserves feuillagées.

8 — Plat à ombilic monogrammé, avec bandes alternées de feuillages et d'arabesques — le marli à bossages est à parties réservées et décorées de semis de fleurettes.

9 — Plat à ombilic monogrammé, cerclé d'une bande de caractères arabes, le marli est décoré de trèfles en cœur et bossages.

10 — Petit plat creux, décoré de bandes de fleurettes et de fruits.

11 — Curieuse plaque rectangulaire indicatrice de rue avec inscription centrale :

AVE

ESTA, ES, LA, CALLE, DE JÉSUS

MARIA

Le cadre est inscrit de six masques en relief formant chacun un écusson dont les draperies sont soutenues par des armours ailés et nus.

Pièce rare.

Long. : 0m39.
Larg. : 0m27.

Après la conquête des Baléares, par les Aragonais, les Maures convertis de force étaient contraints de se découvrir devant les plaques de ce genre, et de réciter une prière.

12 — Petit plat creux à palmettes.

13 — Tonnelet à trois rangs de cercles avec deux bandes semées de fleurs d'œillet, la base est percée d'un trou à robinet.

Haut. : 0m30.
Diam. : 0m21.

Pièce rare.

14 — Vase à deux anses en volute sur piédouche, décor feuillagé.

15 — Vase de forme turbinée, à ailettes, décoré de palmettes, de fleurs d'œillets et de motifs variés.

16 — Petite écuelle creuse, avec pattes, décorée de fleurs de d'oves.

17 — Plat rond, décoré de trois oiseaux et de feuillages.

18 — Plat rond avec monogramme au centre, le marli quadrilobé est décoré de stries losangées et de feuilles.

19 — Petit plat décoré d'un oiseau au centre, et de feuillages sur le marli.

20 — Petit plat décoré d'un oiseau et de feuillages au marli.

21 — Bénitier à l'effigie de la Vierge et de l'Enfant Jésus.

22 — Grand plat rond et creux, décoré d'un oiseau, de palmettes, de fleurs d'œillet et de feuillages.

23 — Grand plat rond à fond quadrilobé, à raies transversales, semé d'un pointillé avec fleurs et feuillages sur le marli.

24 — Plat rond et creux décoré d'un oiseau chatironné en bleu sur fond métallique.

25 — Grand vase forme cuvette, décoré d'un large jeté de fleurs surmonté d'un oiseau.

Diam. : 0m41.

FAIENCES DE MARSEILLE

26 — Grand plat à poisson chantourné, décoré de jetés de tulipes, de roses, bleuets et de fleurettes.

27 — Plat rectangulaire chantourné, décoré d'un bouquet d'œillets, de bleuets et d'encolies; le revers porte le monogramme de la Veuve Perrin.

28 — Grand plat à poisson chantourné, décoré de tulipes, de roses, de fleurettes et d'insectes.

29 — Très grand plat de service chantourné orné de bouquets de roses, de tubéreuses, de narcisses, pensées et autres fleurettes, un insecte se pose sur une tubéreuse; les bords sont agrémentés de fruits formant écoinçons reliés entre eux par une dentelure.

Long. : $0^{m}63$.
Larg. : $0^{m}45$.

30 — Plat de service semblable au précédent.

31 — Plat rond chantourné, décoré de jetés de fleurs, de roses et d'un papillon.

32 — Grand plat à légumes rond, creux, chantourné, décoré de trois jetées de fleurs, de roses, de tulipes, avec deux anses attachées au marli.

33 — Autre plat semblable au précédent.

34 — Plat chantourné orné de roses, tubéreuses et fleurettes.

35 — Plat semblable au précédent.

36 — Plat chantourné, décoré de fleurs, fleurettes et de mouches, les bords du marli sont dorés.

37 — Quatre plats à poissons, rectangulaires, chantournés, décorés de jetés de fleurs, deux de ces plats sont dorés aux bords du marli.

38 — QUATORZE ASSIETTES chantournées, décorées de fleurs et d'insectes.

Ce lot sera divisé.

39 — PLAT à poisson chantourné, décoré de fleurs portant au revers le monogramme de la veuve PERRIN.

40 — DEUX ASSIETTES à personnages et paysages, les marlis sont fleuris et ornés d'attributs.

41 — DEUX PLATS ronds chantournés ornés de jetés de roses, tubéreuses, pensées et insectes.

42 — DEUX ASSIETTES chantournées décorées en vert de cuivre, de balustrades et de fleurs.

43 — HUIT PLATS oblongs, chantournés, décorés de tulipes, roses et autres fleurs.

44 — SOUPIÈRE et son couvercle, sur quatre pieds, les anses sont faites de deux léopards, la ceinture est ornée de jetés de fleurs, ainsi que le couvercle dont le bouton est formé de poissons entrelacés.

Pièce très importante, portant le monogramme VP. de la veuve PERRIN.

45 — Sucrier à poudre décoré de fleurs, le bouton du couvercle à bords dorés, est fait d'une rose ouverte.

46 — Légumier à bords dorés, de forme quadrangulaire, décoré de fleurs et d'insectes.

FAIENCES DE MOUSTIERS

47 — Soupière polychrome de forme oblongue, décorée de guirlandes de fleurs et d'insectes; le bouton du couvercle est fait d'une tête de volatile.

48 — Soupière oblongue et son plateau, décorée en vert de cuivre d'animaux grotesques et de feuillages; le bouton du couvercle est en forme de pomme de pin.

49 — Vase à anse sur son plateau, décorés en bleu de lambrequins et d'arabesques.

50 — Grand Plat rectangulaire chantourné, décoré en bleu d'une étoile entourée de lambrequins; bords feuillagés.

51 — Plat rectangulaire, finement orné en bleu d'une étoile et de lambrequins.

52 — Petit Plat long chantourné, décoré en bleu d'un bouquet de fleurs, lambrequins au marli.

53 — Plat long chantourné, décoré en jaune de chrome de personnages chinois, d'animaux grotesques, d'insectes, fleurs et feuillages.

54 — Plat rond chantourné, décoré en polychrome, au centre d'un bouquet de fleurs et de guirlandes fleuries sur le marli.

55 — Plat long chantourné, décoré en jaune de chrome d'un animal grotesque jouant du hautbois, de fleurs et de feuillages.

56 — Trois Assiettes, décorées en vert de cuivre d'animaux, de personnages et de feuillages.

57 — Deux Bouquetières décorées en bleu d'animaux, de mascarons et de feuillages.

ALCORA

58 — PLAT sur piédouche, décoré en polychrome, au centre d'une ruine de temple, entourée de guirlande de fleurs; arabesques en bleu au marli.

59 — LÉGUMIER à couvercle décoré en jaune citrin et vert de cuivre de semis de bouquets; le bouton du couvercle est fait d'une tête de chien.

60 — PETIT PLAT oblong à fleurs.

61 — VASE à eau en forme de casque, à cannelures et à anse, décoré de fleurs, ainsi que son bassin cannelé.

62 — SOUPIÈRE rocaille sur quatre pieds, avec deux anses en volutes; le couvercle est surmonté d'une branche de poirier garnie de ses fruits formant bouton; cette pièce est décorée en polychrome de feuilles et de fruits.

Pièce de forme.

63 — Petite soupière oblongue sur pieds, décorée en polychrome de rinceaux et de fleurs, le couvercle terminée par une branche de fruits formant bouton, est ornée de deux attributs épiscopaux, une mitre, et de l'autre côté un livre ouvert appuyé sur une crosse.

64 — Aiguiere en forme de casque à anse, sur son plateau rond et godronné en creux, la face du casque et le centre du plateau sont ornés d'un écusson armorié.

FAIENCES DIVERSES

65 — MILAN. — Soupière à anses et son plateau, à bossages, ornés en couleurs de fruits de fleurs et d'insectes, le couvercle en bossages surélevés est terminé par un bouton.

66 — ABRUZES. — Légumier et son plateau chantournés, à médaillons réservés sur fond manganèse, ornés de personnages et de paysages.

67 — ITALIE. — Soupière oblongue à mascaron et son plateau, décorés en polychrome de volutes, fleurs et fruits, le couvercle est terminé par un fruit formant bouton.

68 — ITALIE. — Soupière oblongue à mascaron, sur plateau chautourné, décorée en couleur de rinceaux, guirlandes fleurettes, le couvercle est terminé par deux citrons formant bouton.

69 — ITALIE. — Soupière sur pieds, oblongue, à anses en volutes, à compartiments ; décorée en polychrome de rinceaux fleurs et feuillages. le couvercle est terminé par une poire formant le bouton, le plateau de même décor est chantourné.

70 — ALCORA. — Plat décoré en jaune et vert de cuivre de chicorée et de fleurs.

71 — SAVONE. — Deux grands plats ronds à bords coquillés, décorés en bleu, d'une scène allégorique.

72 — SAVONE. — Plat rond décoré en bleu sur blanc d'une scène allégorique.

73 — GÊNES — Plat rond, décoré en bleu d'une amphitrite.

74 — ITALIE. — Plat décoré en bleu d'une maisonnette, de feuilles et d'insectes.

75 — HOLLANDE. — Assiette décorée en bleu sur blanc, d'un oiseau perché, d'une maisonnette et de feuillage, avec rinceaux sur le marli, portant au revers le monogramme S et une étoile à six branches.

76 — ITALIE. — Petit plat sur pied, décoré en bleu d'une scène mythologique, *Diane* surprise par *Actéon*.

77. — SAVONE. Petit légumier à mascarons décor au manganèse, avec un citron formant bouton au couvercle.

78 — GÊNES. — Deux bouteilles décorées en bleu, de scènes champêtres à personnages.

79 — ALCORA. — Six présentoires, décors divers.

80 — STRASBOURG. — Soupière oblongue et son couvercle, décor à fleurs, les anses formées de branchages ainsi que le bouton du couvercle.

81 — ANGLETERRE. — Deux saladiers décorés dans le goût chinois, et à parties métallisées.

82 — ROUEN. — Plateau rond décoré en rouge et bleu, au centre d'une corbeille et de rinceaux le pourtour est à lambrequins et à palmettes.

83 — DELFT. — Plat rond dentelé, décor en bleu d'un médaillon feuillagé, de volutes d'insectes et de feuillages.

84 — CALTACHIRONE. — Paire de vases de forme turbinée à fleurs et à feuillages sur fond gros bleu.

85 — DELFT. — Paire de potiches, à bases octogonales décor bleu.

86 — ITALIE. — Vase en forme de casque, décor à personnages.

87 — URBINO. — Plat sur piédouche décoré d'amour et d'oiseaux.

88 — URBINO. — Plat dentelé à bossages avec un amour au centre.

89 — SAVONE. — Légumier décor à personnages, au manganèse.

90 — COMPAGNIE DES INDES. — Assiette à listel bleu.

91 — SAINT-OMER. — Assiette fond gros bleu, ornée au centre d'un écusson à six fleurs

de lys surmonté d'un chapeau de cardinal, fleurs dorées sur le marli.

92 — FAIENCE DU MIDI. — TROIS PLATS chantournés, ornés de volubilis et de fleurettes.

93 — ITALIE. — TROIS PLATS oblongs, décors semblables aux précédents.

94 — URBINO. — DEUX CORNETS à médaillons ornés d'amours.

95 — URBINO. — DEUX POTS à médaillons ornés de personnages.

96 — ITALIE. — DEUX CORNETS et UN POT à fleurs gros bleu sur fond blanc.

97 — ITALIE. — PLAT oblong dentelé, décoré au jaune de chrome, de médaillons quadrillés et de volutes.

98 — MARSEILLE. — PLAT rond, orné en vert de cuivre, d'un bouquet de roses et d'une tulipe.

99 — MARSEILLE. — SOUPIÈRE sur pieds, le couvercle est terminé par un fruit.

100 — MARSEILLE. — PLAT en forme de double coquille côtelée, décor en vert de cuivre.

101 — ROUEN. — FONTAINE à robinet.

102 — MARSEILLE. — PETIT LÉGUMIER rond et son couvercle.

103 — NEVERS. — PICHET à cidre, personnage assis sur un tonneau.

104 — MOUSTIERS. — ASSIETTE chantournée à décor bleu.

105 — SAXE. — TASSE et sa soucoupe à médaillons décorées de personnages, Vénus et amours.

106 — SÈVRES. — THÉIÈRE de la Restauration, dorée sur fond gros bleu.

107 — Vingt-huit pièces faïences diverses.

Sera divisé.

VERRERIE

108 — Carafe en verre de Bohême taillé et doré, fond vert tendre.

109 — Deux carafes en verre de Bohême fond rouge à semis dorés.

110 — Sucrier en verre de Bohême fond rouge et doré.

111 — Grand confiturier et son plateau en verre taillé et doré.

112 — Sept pièces verreries diverses.

OBJETS VARIÉS, MEUBLES

113 — Buste de femme grecque en terre cuite, grandeur nature de Carrier-Belleuse.

114 — Paire de flambeaux, fin Louis XIV, en cuivre poli et gravé.

115 — Petit mortier de la Renaissance, à cariatides en ronde bosse, et fleurs de lys.

116 — Montre anglaise Louis XV, cuivre doré.

117 — Montre bassine argent et écaille.

118 — Burette Empire en métal argenté.

119 — Service a liqueur de style oriental, composé d'un plateau trilobé en argent ciselé et ajouré, un carafon cristal armé d'argent, neuf gobelets argent ciselé oriental. Le tout de chez Cardeilhac.

120 — Glace espagnole à fronton. Cadre bois doré.

121 — Quatre glaces de style divers. Cadre bois doré.

122 — Coffret à bijou en bois doré et sculpté de personnages en ronde bosse. Travail du commencement du XVIe siècle, redoré.

123 — Reliquaire Louis XV, en bois sculpté et argenté.

124 — Porte cierge Louis XIV en cuivre poli.

125 — Cadre Louis XIV en bois doré, contenant une Sainte-Cécile en broderie.

126 — Grand lit de milieu Louis XVIII en bois sculpté à frontons sculptés d'amours ; les pieds godronnés, à mascarons, sont surmontés de colonnes torses feuillagées, terminées par des vases flammés.

127 — Petite armoire Renaissance à deux vantaux.

128 — ARMOIRE Louis XIII à deux portes moulurées.

129 — CHAISE Louis XIII, couverte en tapisserie verdure.

130 — CHAISE portugaise Louis XV, garnie en cuir ciselé.

131 — FAUTEUIL, style Louis XIII garni en cuir gaufré.

132 — COMMODE Louis XV à trois tiroirs, parties sculptés, garniture en cuivre poli.

133 — CANAPÉ à oreilles, Louis XV couvert en étoffe de soie brochée.

134 — PANNEAU en tapisserie verdure à personnages, animaux et feuillages. Commencement du XVIe siècle.

135 — DEUX PANNEAUX verdure.

VALADON

136 — *Nature morte.*

Peinture.

LE SÉNÉCHAL

137 — *Le Pont Marie.*

Peinture.

138 — Objets divers non catalogués.

www.ingramcontent.com/pod-product-compliance
Ingram Content Group UK Ltd.
Pitfield, Milton Keynes, MK11 3LW, UK
UKHW020222180726
13838UKWH00005B/2141

9 782329 439945